KB064754

오키나와의 화살표

황금알 시인선 194
# 오키나와의 화살표

초판발행일 | 2019년 5월 30일

지은이 | 오승철
펴낸곳 | 도서출판 황금알
펴낸이 | 金永馥
선정위원 | 김영승 · 마종기 · 유안진 · 이수익
주간 | 김영탁
편집실장 | 조경숙
표지디자인 | 칼라박스
주소 | 03088 서울시 종로구 이화장2길 29-3, 104호(동숭동)
전화 | 02)2275-9171
팩스 | 02)2275-9172
이메일 | tibet21@hanmail.net
홈페이지 | http://goldegg21.com
출판등록 | 2003년 03월 26일(제300-2003-230호)

ⓒ2019 오승철 & Gold Egg Publishing Company Printed in Korea

값은 뒤표지에 있습니다.

ISBN 979-11-89205-34-8-03810

# 오키나와의 화살표

## 오승철 시집

황금알

누가

기다리는 것도 아닌데

또 한 번

시의 집을

허술히 묶어내는

이 낭패감이라니!

2019년 봄날 꿩 풀어놓고

오승철

# 차 례

## 3부  멧밥에 숟가락 걸듯

# 1부

유행가 한 리어카

# 꿩꿩, 장서방

들녘도 아이들도 마취에서 풀린 사월

서귀포 고근산 너머 꽹꽹 우는 굿판같이

어느 집

가난한 뒤뜰

장독대나 흔든다

# 압록강 단교斷橋

자 받게, 이 사람아, 아니면 따르던가
내가 니 보러왔지
누굴 보러 왔겠나
아, 얼른 이 잔 안 받어 팔 떨어지겠어

단둥과 신의주 사이 뚝 끊긴 철교처럼
삐걱이는 이 환상통아
팔 떨어지겠어
압록은 어디로 뜨고 가을만 흐르는 강

안고파라,
아직 내가 이승의 노래일 때
돌아서면 남보다 더 낯선 내 사람아
아, 얼른 이 잔 안 받어
팔 떨어지겠어 썅

# 오키나와의 화살표

오키나와 바다엔 아리랑이 부서진다
칠십 여년 잠 못 든 반도
그 건너
그 섬에는
조선의 학도병들과 떼창하는 후지키 쇼겐*

마지막 격전의 땅 가을 끝물 쑥부쟁이
"풀을 먹든 흙 파먹든
살아서 돌아가라"
그때 그 전우애마저 다 묻힌 마부니언덕

그러나 못다 묻힌 아리랑은 남아서
굽이굽이 끌려온 길,
갈 길 또한 아리랑 길
잠 깨면 그 길 모를까 그려놓은 화살표

어느 과녁으로 날아가는 중일까
나를 뺏긴 반도라도
동강 난 반도라도

물 건너 조국의 산하, 그 품에 꽂히고 싶다

* 태평양전쟁 말기 일본군 소대장으로 참전했으며, 조선학도병 740인의 위
  령탑 건립과 유골 봉환사업에 일생을 바쳤다.

# 낙장불입 2

가을날 감이파리 감빛으로 깊어지면
나무는 그 잎들과 허공에서 헤어진다
정선 땅 홍씨 할머니
그렇게 흘러든 연변

왜 왔냐 묻지 마라
왜 남았냐 묻지 마라
팔랑팔랑 예닐곱 살 할아버지 따라온 길
아리랑, 정선아리랑 내 길을 묻지 마라

강아,
두 아들도 국경 너머 보낸 강아
타관객리 한 생애 일송정 돌아들면
비암산 한 자락 끌고 혼자 가는 해란강아

# 아스*

은밀히 우리끼리만 통하는 말이 있다
한반도의 끝과 끝,
제주도와 함경도
칠십 년 등을 돌려도 입에 붙은 말이 있다

어느 변방에도 반골의 기질은 있다
누가 바꿔 살게 했나,
한라산아 백두산아
유목의 서러움 같은  방언들은 떠돌아

"아시야" 하고 부르면
"아스야"로 돌아올까
'생기리'와 '부루'를 우리 말고 누가 알까
산 너머 어느 아궁이
불씨처럼 남은
그 말

* 아ᅀᅳ는 서울에선 '아우', 제주에선 '아시', 함경도에선 '아스'로 변했다.

# 쇠별꽃

멀쩡한 오름 하나
건들고 가는
쏘내기야

가다가 다시 와서
또 건드는
쏘내기야

내 누이 사십구재날
떼판으로 터진 꽃아

# 4만 원

서울에선 하늘도 공짜가 아니라고?
중세유럽 주택세는
창문 수로 매겼다던데
고시촌 쪽방조차도 창 있으면 더 내라고?

까짓것
동안거 들듯 면벽하면 그만이지
때때로 물숨 뿜는 흑등고래도 아니고
한 달에 4만 원이면
사나흘 치 컵밥 값인데

그러나 그게 아녀, 세상은 그게 아녀
화마가 지난 자리 엇갈린 삶과 죽음
더 이상 떠밀릴 곳이 이승 말고 또 있다니

막장 같은 가슴에도 복권은 들어 있다
비틀비틀 골목 불빛
이끌고 온 그 사내가
토악질 다독이듯이 다독이는
서울의 밤

# 윤노리나무

한 때는
코뚜레로
소도 한 번 길들여 봤고
석수장이
메자루로
바위도 부숴봤고
잔칫집 상갓집 돌며 윷판도 흔들어봤다

삼천리 적막강산 바람 타는 윤노리나무
그 몸에 가락가락 윷가락이 없었다면
금이 간 반도의 허기
누가 달래줬을까

우리가 순례자로
돌아드는 백두대간
휴전선 철책 너머 종지윷 흩뿌리면
여보게, 볼기 탁 치며 응수하지 않겠는가

# 두이레, 열나흘 굿

물론, 돈이면 다지
못 할 게 뭐 있겠나
심방도 불러놓고 신들도 앉혀놓고
저승의 그 목소린들 못 청할 리 있겠느냐

하늘올레 들어섰나
펄럭이는 통대 깃발
바다에 자맥질 한 번 하고 가는 노을처럼
어머니 쉰 목소리만 허공에 나부낀다

저승에서 이승까진
두 이레, 열나흘 길
일본에서 세상 떠
길 잃은 거냐, 내 딸아
괘앵 꽹 이 소리 따라 게무로사 못 오크냐*

* '그렇기로서니 못 오겠느냐'의 제주어.

# 다시, 봄

허랑방탕 봄 한철 꿩 소리 흘려놓고

여름 가을 겨울을 묵언수행 중이다

날더러 푸른 이 허길

또 버티란 것이냐

# 만덕객주

"객주?"
"만덕객주 ?"
"주모는?"
"곧 온다고?"
물 건너온 발길들 틈에 나도 슬쩍 끼어 앉아
제주시 산지山地바다와 실랑이를 벌인다

파전에 빙떡 몇 개 놋주전자 잔도 몇 개
그래, 여자지만
생이 뭐 별거우꽈?
까짓것 곳간 못 털랴, 사랑마저 털었는데

굳이 그런 일로 소원을 이르라시면
금강산도 임금 얼굴도 딱 한 번이면 되는 거지
몇 잔 술 뱃멀미 같은
바람 한 번 피는 거지

# 마삭줄꽃 불러들여

굳이 제 몸으로 꽃피워야 족속이랴
어느 봄날 눈 맞춘 외간 놈 불러들여
대낮에 끌어안는다
백화등을 내민다

이렇듯 누군가의 꽃이 되어 주는 일
그리하여 그리하여
사랑이 되어 주는 일
그런 일 하나만으로 꿩소리는 피어서

간간이 고백하듯 꿩소리는 피어서
나는 어느 줄로 예까지 와 성가시나
봄 끝물 그 이름으로
죽지 못해 꽃 핀다

# 어느 저녁

별빛 한 무리를 몰고 가는 목동같이
뉘신가,
우리에게 무얼 보여 주려고
끝없이 대代를 이으며 뒤따르라 하는가

한 세상 건너는 일은
별 하나 건너는 일
이 별에서 저 별로 우린 또 갈 테지만
어쩌면 빗돌도 없이 순례이듯 갈 테지만

그래, 그래 봐라
어느 저녁 당도하면
복사꽃 암만 터져도 눈썹 까딱 하나 봐라
죄이랴,
꿩 소리 만은 흘려듣질 못하겠다

# 세화오일장

다랑쉬 오름에서 흘러내린 억새 물결
구좌 바다까지 길 하나 밀고 와서
처얼썩 세화오일장
흥건하게 적신다

갯강구도 돌아가는 오후 세 시 파장 무렵
그제야 장기판에
내깃돈도 걸리고
간간이 맥장꾼같이 파도가 들락인다

듣거나 말거나
팔리거나 말거나
유행가 한 리어카 노을에 풀어놓고
딴따라 딴따라 기질 혼자 늙는 노래 한 곡

# 2부

온 들녘 꿩 풀어놓고

# 꽃타작

봄바람이 났는지 어머니 안 계시다
도둑고양이처럼 이집 저집 기웃대다
경로당 타작 소리에
응수하듯 터진 벚꽃

점당 십 원짜리
그 판도 판이라서
무슨 영문인지 비닐봉지 쓰셨다
선이 또 헷갈릴까 봐 두건 쓰듯 쓰셨단다

봄바람이 났는지 어머니 안 계시다
피박 한 번 썼다 치고
봉분 하나 쓰셨나
연둣빛 타는 꿩 소리, 이승이야 화투 한 모

# 꿩, 엎지르다

오전 10시,
4 · 3 묵념 사이렌이 울릴 때
젯상이면 다냐고
엎지르듯 꿩이 운다
나랏님
오든지 말든지
실없이 지는 벚꽃

# 3일 평화

— 4 · 3, 두 청년 이야기

1

죽어도 장부의 말은 죽지 않는 법이지
한낱 봄 꿈 같은 약속도 약속이라서
연둣빛 4 · 28 만남, 그 약속도 약속이라서

2

싯발 따라 짚차 한 대 쏙 들어간 구억국민학교*
뒷산 조무래기들 꼼짝꼼짝 고사리 꼼짝
첫날밤 신방 엿보듯 훔쳐보고 있었다

3

조국이란 이름으로 공쟁이 걸지 말자
저 하늘을 담보한 김익렬 9연대장과 김달삼 인민유격
대사령관
산촌의 운동회 같은 박수갈채 터졌다지

4

불을 끈 지 사흘 만에 다시 번진 산불처럼

다시 번진 산불처럼 그렇게 꿩은 울어, 전투중지 무장
해제 숨바꼭질 꿩꿩, 오라리 연미마을 보리밭에 꿩꿩,
너븐숭이 섯알오름 〈4·3평화공원〉 양지꽃 흔들며 꿩
꿩, 그 소리 무명천 할머니 턱 밑에 와 꿔~엉꿩

　칠십 년 입술에 묻은 이름 털듯 꿩이 운다

<br>

* 4·28 평화회담 장소.

# 곱을락

― 뭣고, 한 세상이 다 거기서 거기지 뭐
― 뭣고, 저 세상도 거기서 거기지 뭐
이 뭐꼬 술래만 남아
혼자 뜨는 저녁달

춘심이는 갈래머리
열한 살 소녀였다
산골 운동회 날 아버지 손잡고 뛰듯
4·3땅 큰넓궤 굴로 짐승처럼 숨었다

그렇게 가을 내내 햇빛 한 번 못 봤는데
동틀 녘 피신 길에 눈부신 세상을 봤다
침점 칠 겨를도 없이 줄을 서는 그 순간

한 무리는 돌오름 또 한 무린 무악오름
어느 길이 삶이고 어느 길이 죽음인가
지상에 마지막 남긴 눈 위의 발자국들

그 발자국 따라서 까작까작 까치무릇

봄은 이미 왔는데 첫눈 같이 내리어
오름에 호명을 한다
이제 그만
나와라

# 어느 봄

어차피 못 가져갈
벚꽃은 그냥 두고

목청이 푸른 장끼
푸르게 그냥 두고

4 · 3땅
백비와 같이
건너가는
봄
한 철

# 임씨 올레
— 4·3에 '잃어버린 마을' 어느 올레에 기대어

무심결에 동광리,
찔레꽃 따라왔네
모르고 온 골목길 알 것 같은 돌담올레
임씨네 그 집 앞에서
오락가락
쏘내기

싹쓸이 마을에선
돌복숭아 누가 따나
잘 익은 쉰다리나 한 사발 하라는 듯
기어코 길가에 나와
날 붙드는 실거리나무

그래,
짐승처럼 숨어든 게 죄라고?
짐짓 하늘마저 고개 돌린 저 헛묘들
빈 집터 청대숲 너머 꿩소리로 떠돈다

# 꿩꾹이

꿩이 잘하는가
뻐꾸기가 잘하는가

봄 들판 무대 위에 꿩꿩 뻐꾹 꿩꿩 뻐꾹

그 소리 메아리 되어 꿩꾹이로 들려요


꿩꿩 뻐꾹 꿩꿩 뻐꾹
꿩꾹이가 꿩꿩 뻐꾹

온종일 겨루어도 승부는 나질 않아

산골은 하품을 하듯 찔레꽃을 피워요

# 꿩을, 풀다

뭔 말 한들 이 봄날 맘 상할 일 있겠는가
발 없는 말 천리 가듯
발 없는 말 천리 오듯
내 굳이 그대 마음을 모를까봐 그러나

총신을 거두시게
입덧 난 연두빛 앞엔
중산간 구억국민학교*
마주앉은 산과 바다
누구도 조국이란 말 함부로 안 뱉었다

팻말도 하나 없는 그 터에 내가 들어
대답하라 청춘아
대답하라 청춘아
온 들녘 꿩 풀어놓고 혼자 울다 가는 노을

* 4·3이 발발하자 김익렬(국방경비대 9연대장)과 김달삼(인민유격대 사령
  관)이 4·28 평화협상을 했던 곳.

# 꿩

죽을 때 죽더라도 할 말은 해야겠다
그리움의 형장 같은
봄 들판 나와 서면
어디다 울음 뱉으랴,
금삼의 피* 토하듯


* 박종화의 소설.

# 꿩 꿩

누가 해동의 들녘  갈아엎고 있나 보다
하늘에 이랑이랑
얼비치는 산밭뙈기
묵은 빛 반쯤은 남은 고향으로 가는 길

아무렴,
하늘이 뻔히 보는 줄 알면서도
야반도주하듯 얼결에 등진 마을
오래된 약속 하나도 실없이 늙어간다

자배봉 한 기슭에 육촌형 묻어놓고
슬쩍 내 못자리도 어림짐작해본다
때 이른
장끼 울음만
저 혼자 타는 봄날

# 꿩꿩, 푸드덕

술 끊고
담배 끊고
사람마저 끊어놓고

산 보고 바달 봐도 깨닫지를 못하겠네

질 같은 섬에 와서도
시끄러워 못 살겠다

# 그러니까, 봄

무슨 일 일어날지 모르니까
봄이다

돌팔매를 맞는지 저기 저 먹뻐꾸기

이따금 목탁새 소리
말리거나 말거나

# 북향화

굳이 대낮이라 등 올릴 일 없는데도
어느 집 마당귀에
일시에 켠 하얀 목련
봄 햇살 눈부시단 말 여기에 와 알겠다

누가 불러들였나
후루루룩 앉은 것들
동박새 직박구리 심지어 바람까지
몇 차례 들락이다가 부리를 감춘 허공

이번 들른 세상은
북녘에 네가 있다
저렇듯이 대놓고 적나라하게 홀리면
가지 끝 오름 하나만
사무치는
봄이어라

# 3부

멧밥에 숟가락 걸듯

# 위미리

바다가 끌고 가다 놓쳐버린 곤냇골
드문드문 물웅덩이
잠자리 몇 마리가
엎치락 뒤치락하며 접을 붙고 있었다

그는 보제기였다
구순의 홀아방 안 씨
바다에서 죽거나 술에 빠져 죽거나
배조차 다 떠난 포구
낮술이 쿨럭인다

바다에서 퇴역해도 바다만 바라본다
울랑개 할망당엔
신이 아직 남았는지
덩그런 신목과 앉아 대작하고 있었다

# 추석날 위미리는


명치동산 꿩 소리 간신히 재웠는데

자배봉 한자락에 어머니도 재웠는데

대체 난
어떡하라고
여태 남은 고추잠자리

# 서귀포


목장길,
월동무밭,
들쑤시던 싸락눈발

갈기 흩날리듯 〈5·16〉도로 넘어와서

조랑말, 울음빛으로
걸어놓은
정방폭포

# 대설

성산포 가는 길은
일출봉 쫓아가는 길

붙잡거니 놓치거니, 무밭 하나 무덤 하나

무심한 어느 저녁에 이 악물듯 눈이 온다

# 걸명*

우리집 설 명절은 섬 한 바퀴 돌며 쉰다
제주시는 형님집
위미리는 종손집
중문의 처갓집까지 세뱃돈 뿌리고 간다

삼태성같이 흩어진 자식, 다멀처럼 모다나 들라**
이파리  하나 없이
가지 펼친 멀구슬나무
한겨울 온갖 잡새들 먹다가도 남을 열매

멧밥에 숟가락 걸듯
걸어놓은 마을 한 켠
배고픔도 그리움도 이승 만의 일이랴
문 밖의 걸신들마저
동백처럼 취하겠다

* 고수레의 제주어.
** 제주민요에서 차용. 다멀: 좀생이별.

48

# 남극노인성

획하니 하늘을 긋는 별똥별도 아니고
턱하니 터를 잡은 북극성도 아니고
초저녁 자리젓 뜨러
나가다가 보는 별

서귀진성西歸鎭城 터만 남은 솔동산에 올라서면
바다 끝 하늘 끝 사이
걸쳐놓은 숟가락같이
고단한 물마루 위에 걸쳐진 불배 몇 척

불배 몇 척, 걸쳐진, 고단한 저 물마루
별을 보라
간신히 길 하나 돌려세우고
한 마디 굳이 삼킨 채 홀로 뜨는 별을 보라

단 한 번도 너에게 소원 빌어 본 적 없다
수평선 위 한 뼘 가웃
내 그리움의 한 뼘 가웃
둥그런 윤회의 길섶 한 뼘 가웃 별이 뜬다

# 막사발 하나
— 이용상 시인이 가는 길에

잘 가십서, 게나제나 몇 시 표로 가섬수과
오늘 아침 신촌 바다 탱탱하게 푸르러
9대째 이어온 바다 저 혼자서 푸르러

헤아리니 우리 인연도 얼떨결에 30여 년
한 때의 섰다끗발도 덧없는 것일 게고
시시한 시詩 이야기도 덧없고 덧없습니다

삼양공장 상주공장 뭐 그리 대수라고
남극성 찾는 일이 뭐 그리 대수라고
세파에 시달린 것이 장부만의 길입니까

나에게는 육친 같은 글벗이자, 길벗이었습니다
굳이 며칠 전에 집으로 불러들여
막막한 막사발 하나 주신 뜻은 뭣입니까

엎으면 무덤이요 뒤집으면 이승인데
오늘은 동행도 없이 또 어디로 가십니까
한 송이 그 눈마저도 녹기 전에 솔짝 댕겨옵서

# 어느 카메라

— 1982년 한라산에서 C123수송기 추락사고로 숨진 53명의 장
  병을 추모함


모르겠지 모르겠지
세상은 모르겠지
안갯속 새 한 마리 사라진 것쯤이야
한라산 개미등계곡에 사라진 것쯤이야

아우아, 자랑스런 국군장병 내 아우아
하필 악천후에 여길 찾아온 것이냐
한 송이 복수초라도 피우러 온 것이냐

어느 신문 단신에 비친 그때 그 이야기가
사진조차 한 장 없는 우리들 이야기가
산노루 벌건 핏자국 눈발 속에 흩어져

이제는 내려놓은 니콘 F3 카메라
사라진 필름 속에 사라진 청춘들아
이 봄이 저물기 전에 돌아오라, 아우야

# 목포항
— 제주식당


세월의 썰물녘에 드러나는 갯바위같이
목포항 연안부두 붙어사는 섭조개같이
오가는 인연의 길섶
돌게장 맛집이 있다

용산에서 목포역,
덜크렁 덜컹 완행열차
번번이 빈손으로 돌아서는 청춘이지만
새벽녘 쪽잠은 공짜 배편까지 챙겨주던

아직도 연륙의 꿈 내 안에 남은 걸까
안성호 갑판 같은 그 식당에  다시 서면
삼학도 섬 그림자가
발밑에 와 삐걱인다

# 유달산 낮 12시

목포항 뒷골목은 인적마저 썰물이다

오래된 홍어 맛 같은
오래된 이름 하나

정오포正午砲* 발사하듯이 날아가는 장끼울음

* 유달산에는 낮 12시를 알리던 포가 있다.

# 팔공산

절 몇 채 품었다고 삿된 마음 삭을까?
하늘 아래 내 사랑 이 골 저 골 울려놓고
봉우리
봉우리마다
배가 고파 달이 뜬다

# 인사동

사통팔달 그 길 비켜
다시 한 번 비켜서면
윗분들 말발굽소리
배알이 뒤틀렸는지
달랑게 족새눈으로 숨어들던 피맛골

이 땅에 믿을 것이 장땡 말고 또 있겠나
좌판 관상쟁이도 자리 털고 떠난 오후
한 무리 시위꾼같이
막아서는 싸락눈발

어디쯤에 그 가게
아자방亞字房* 있었을까
저녁 불빛 사무치면 세상에 또 올까 몰라
인사동 달항아리를
돌아드는
시 몇 줄

* 초정 김상옥이 운영하던 골동 가게 이름.

# 봄은 오고 꽃은 피어

위미리와 한남리,
의귀리와 수망리
대바구니 엮어내듯 휘휘 엮은 서중천이
더러는 가다가 말고
불빛이나 훔쳐본다

어느 마을에나 봄이 오고 꽃은 피어
4 · 3도 칠십여 년
지칠 만큼 지쳤는데
자배봉 골짝 흔들며 장끼가 다시 운다

# 4 부

베갯머리 송사같이

# 쇠뿔에 등을 걸고

달도 별도 반딧불도 불을 끈 밤이었다지
온종일 돌염전을 일구던 엄쟁이 박씨
밥 한술 뜨는 둥 마는 둥
소 끌고 또 나섰다지

아, 글쎄 그 양반이
육십 고개 넘어서야
난생처음 제 이름에
산밭뙈기 산 뒤부터
쇠뿔에 등 걸어놓고 밭갈이를 했던 거라

받아라, 막걸릿잔
소랑 그가 대작했다지
오늘 문득 애월에 와
그 말에 나도 취해
등짝에 등댓불 걸쳐 난바다나 갈고 싶다

# 천지간

당신이 돌아오듯 시월은 돌아와서
어느 절집 49재
꽃향유나 피우다가
이승 끝 올린 뒷돈도 본숭만숭 그러네

당신이 떠나가듯
시월은 떠나가서
베갯머리송사같이 자늑자늑 빗소리
천지간 날 세워놓고 본숭만숭 그러네

# 해녀의 섬, 우도

기껏 우도의 밤은
쐬주 한 병
세워놓고
갈치가 갈치 꼬리 뜯듯
집어등이 집어등 뜯듯
신새벽 상처난 바다
순비기꽃 피운다

여름과 가을 사이
일출봉과 우도봉 사이
여기가 어디라고 저 미친 고추잠자리
허공에 섬자락 끌고 테왁처럼 떠서 돈다

썰물에 남은 이름 밀물에 봉봉 뜬다
사랑이란 세상에 있을 때나 하는 거다
내 가슴 빨간 우체통
숨비소리 터지겠다

# 유구무언

하루는 이재봉 시인이
산역하고 돌아와
흰소리, 흰소리하듯
자식에게 말했다지
"이 세상 모든 일들은 산 사람들 맘대로여"

이 말 까맣게 잊고 한 십 년쯤 지난 후에
"나 죽거든 화장이나 해라"
흰소리 또 했다지
그러자 어느 자식 왈,
"산 사람들 맘 아니우꽈?"

그래 맘대로다
산 사람들 맘대로다
불판에 자글자글 돼지갈비 익는 시간
실없이
그저 웃다가
봄밤이나 뜯다가

# 으아리꽃

푸르다 푸르다 못해
한 풀 살짝 꺾인 들녘

이때다 이때다 싶어
숨죽이던 것들이

일시에 벋츳긴 따라
떠도는
저 밀잠자리 떼

# 월하정인

— 조선 정조 때 제주에는 계축 · 갑인 · 을묘년으로 이어지는 큰 흉
  년이 있었다. 만덕할망이 백성들을 구휼했던 것도 이때였으니


그래도 세상이 좋아 몇 잔술 세상이 좋아
내리 삼 년* 흉년에도 길 따라온 멍석딸기
까짓것, 까짓것 하다
다 털리고 말겠네

'개백년 숭년에도 먹다 남은 게 물'이라고?
그러네,
갑인년이라 어찌 곱게 불러줬겠나
객줏집 만덕할망도 그냥 있질 못하는

칠월도 어느 보름
개도 컹컹 허기진 밤
경복궁 뒷골목의 허리춤 돌아들면
뜯기다 남은 달이야 떠 있거나 말거나

그래, 아슬히 놓친 개뼉다귀 같은 것아
평생 내 등에 걸린 가난한 그리움아
수천의,
수만의 별빛이
저 초롱불만 하겠는가

63

# 그래 봤자

그래 봤자 장끼도 한 철
고사리 장마도 한 철
길 없는 쳇망오름 날아든 박쥐나무
매조록
철없이 내민
꽃술머리 너도 한 철

# 쓸데없이

쓸데없이
하, 쓸데없이
봄볕에나 겨워서

녹슨 양철문이
삐걱이는 수산리

왕벚꽃
혼자 타는 걸
쓸데없이 바라보네

# 노을새
— 변시지그림

두 눈 뜬 아내 몰래 농협 빚 살짝 얻어
섬 하나 늙은이 하나
그 외로움 사들였네
말처럼 들레는 바다
그 바다도 사들였네

범선과 이마를 맞댄
조가비 목로주점
이승에서 딱 한 번 그와 마주 앉았네
등 뒤에 갈옷빛 바다
걸쳐 입고 있었네

방어 떼도 하늬바람도
돌아오는 서귀포 가을
먹빛으로 흘려보낸
내 인연의 노을새
이 세상, 저 세상 사이 그 그리움 사들였네

# 석파*시선암

서중천이 놓쳤을까
가시천이 놓쳤을까
물 따라 길을 따라 내려오던 골짝 하나
선명한 발자국이네 발자국도 물발자국

우리가 걸어온 길도 발자국이 아니랴
장끼의 긴 목청도
그 목청을 듣는 귀도
봄 한때 이승에서의
떠도는 발길 아니랴

내 이름, 내 이름이 부끄럽고 부끄런 날은
탱자나무 밑동에 감귤 순 접붙이듯
돌밭에 반생을 붙인
그 사내를 찾아간다

* 석파: 강문신 시인의 필명.

# 가랑잎 성당

1
쉬사사사사삭
쉬사사사사악
얼결에 준비도 없이 뛰어내린 가랑잎들

2
더러는 떠밀리고 더러는 제가 굴러
몇 년 새 서너 차례 간판 바꿔 달지만
끝끝내 닭내장 같은 골목길 온기는 식어

3
가랑잎, 나부끼다가 혼자 타는 가랑잎

4
비로소 땅에 내려야 그리움은 끝나는 거다
저렇게 끼리끼리 훌러덩 훌러덩 까뒤집기도 하듯
저렇게 우리도 훗날 훌훌 털고 만날까나

5

아내 성화 못 이겨 교회 문턱 한 번 들면

세상이여, 젊은 날 몇 번 벌레 물린 세상이여, 성가도 노신부 강론도 오락가락 싸락눈도 그게 그것만 같은 사스락 사스락 가랑잎 성당

그 성당 어느 귀퉁이 알이나 슬고 싶다

# 본전

모처럼 세상에 와 혼자만 다 털렸다고?

복채 따라 펄럭이는
오일장 보살집처럼

인생은 벌어도 본전
밑져봐야 그도 본전

# 선흘리 먼물깍

그나저나 동백동산 그 너먼 가지 마라

4 · 3땅 곶자왈길 물허벅 넘던 그 길

아직도

출렁거리는

내 등짝의 먼물깍

# 안건

서귀포도 아니고 제주시도 아니고
회원 여럿 있는 곳이 하필이면 거기네
내년도 정기총회는 어디서 해야 하지?

시시하고 시시한 게 시詩 쓰는 일인지라
이대로 삼십오 년 다시 또 흘러가면
이 땅에 그 누가 남아 모임 공지해줄까

간만에 운수보기 섰다판도 있으니
'이 저승 핑계 말고 전 회원 참여하기'
뭐 이런 신나는 안건 상정하고 싶어지네

# 어떤 연애질

근데, 근데 말야
이건 정말 비밀이거든
제주성 밖 양귀퉁이
동미륵과 서미륵
천년의 눈빛 그대로 연애질 하는 거라

한눈 한 번 팔지 않는 그런 생도 있으랴
그러거나 말거나 저렇게 마주서서
소원을 듣는 일조차
건성건성 하는 거라

그런 거라,
세상에 우린 외로워서 온 거라
어느 봄밤 북두칠성 본을 뜬 칠성통 길
밤마다 반보기 하듯
돌아들곤 하는 거라

■ 해설

# 긴 침묵과의 대화, 령靈과 혼魂

김 효 선(시인)

　접신接神이다. 이 말이 아니고서는 간절하고 곡진한 시
어들을 표현할 길이 없다. 시를 읽는 것이 아니라 그에
게 깃들어 사는 영혼과의 대화, 그것이다. 시인들은 흔
히 그분이 오셨다고 한다. 시마詩魔가 찾아올 때 흔히 하
는 말이다. 내 영혼을 그분에게 맡겨놓은 느낌. 무속인
들이 미래를 점친다면 시인은 과거를 보고 현재를 이야
기하는 존재다. 오승철 시인의 시는 수많은 영혼의 신내
림으로 쓰인 시다. 흙으로 돌아가지 못한 령靈의 울음이
내내 그를 괴롭혔다. 무병巫兵처럼 신열을 견디지 못하고
그의 몸을 떠돌던 사연들.

　그렇게 목소리를 읽는다. 영혼이 들려주는, 간간이 흐
느끼고 울부짖는 침묵의 소리를 듣는다. 도다리 숙회를
앞에 놓고 소주처럼 맑고 짜릿한 시인의 음성을 들었을
때처럼. 그러나 그는 소주를 좋아하지 않는다. 알코올보

다 더 알코올 향을 풍기는, 숙취가 오래가는 시, 시인 오
승철의 매력이다. 지독하리만큼 그는 시에 냉정하다. 한
땀 한 땀 한 편의 시조가 쓰이기까지의 시간은 일 년이
되기도 하고 몇 년이 걸리기도 한다. 어디에도 흔적을
남기지 않고 오로지 머릿속에 저장해 놓는다. 한 문장
한 행이 뼈에 새겨지고 혈관으로 스며들어 자신의 육체
가 되고 나서야 내놓는다. 그 푸른 망망대해를 건너온
헤밍웨이의『노인과 바다』가 아니고서야 그 무엇이겠는
가. 그렇게 그의 몸에는 침묵으로 버티는 수많은 영혼이
살고 있다. 팔딱이며 뛰는 혼魂의 심장이 시로 태어난다.
한 편 한 편의 시마다 치열하고 숭고한 아우라Aura를 풍
기는 이유라 하겠다.

　그렇게 그는 뼛속까지 시조 시인이다. 이십 대 초반
동아일보 신춘문예 시조「겨울 귤밭」(1981)이 당선되면서
본격적인 활동을 시작한다. 첫 시집『개닭이』(1988), 한
국시조작품상「사고 싶은 노을」(1997), 우리시대 현대시
조 100인선『사고 싶은 노을』(2004), 두 번째 시집『누구
라 종일 흘리나』(2009), 중앙시조대상「셔?」(2010), 세 번
째 시집『터무니 있다』(2015), 제6회 한국시조대상「몸국」
(2016),『8인 8색 시조집/80년대 시인들』(2017)까지가 그
의 굵직한 행보다. 오랜 시간 푹 달여 배지근한(감칠맛이
나는) 제주의 몸국 같은 시를 쓰다 보니 그는 과작으로도
유명하다. 시에 생명을 불어넣는 피그말리온 그가 바로
오승철이다.

시는 꺼내지 못한 긴 침묵과의 대화다. 여기에서 침묵은 접신이라 부를 수 있다. 그들은 대체로 비극일 때 목소리를 갖는다. 말할 수 없는 어떤 부조리의 순간들이거나 사건이다. 부조리의 사전적 정의에 의하면 불합리·배리背理·모순·불가해不可解 등을 뜻하는 단어로서, 철학에서는 '의미를 전혀 찾을 수 없는 것'을 뜻한다. 대부분의 침묵은 비극을 가장한 부조리라고 할 때 죽음은 부조리와 연결된 통로다. 우리는 말이 통하지 않을 때, 알 수 없는 위험에 노출되었지만 어떤 저항도 할 수 없을 때 침묵할 수밖에 없다. 침묵이 더 큰 죽음을 부른다는 것도 알고 있다. 알면서도 아무것도 할 수 없는 무기력함에 빠져들게 하는 것, 권력의 힘. 그 조건을 충족시킴으로써 침묵은 부조리와 교집합이 된다.

가장 확실한 침묵은 말을 하는 것(키에르케고르)이라고 했다. 오랜 금기를 깨는 말. 그러니까 시는 가장 확실한 침묵이다. 오승철 시인은 세상으로부터 단절된 침묵을 꺼낸다. 누군가는 묻어버리고 싶고, 굳이 꺼내고 싶지 않은, 무덤 속 침묵이다. 잠들어 있는 침묵을 깨뜨려 파열에 들게 한다. 그를 통해 세상 밖으로 드러내길 간절히 원하는 혼이 불러주는 소리다. 사무치듯 흐느끼는 울음들이 저마다 침묵을 깨고 또 다른 침묵 속으로 걸어가고요해지는 순간이다. 이승과 저승은 한 공간에 존재한다.

시를 쓰는 사람이 시조를 이야기할 수 있을까 하는 두

려움도 있었다. 현대시를 쓰는 시인들은 대체로 시조와
는 거리를 둔다. 정형화된 형식으로 인해 고루하다는 편
견이 있다. 시조라는 장르가 갖는 오랜 전통성 때문이기
도 하다. 성리학과 유교의 관점에서 선비들의 유물이기
도 한 시조는 세대를 건너오면서 사상이 무너지고 눈빛
이 바뀌면서 구시대의 전유물로 여겨졌다. 하지만 시조
의 세계에서도 한계를 극복하기 위한 끊임없는 시도가
이어졌고, 파격적인 형식의 시조들과 시와 차별성을 구
분하기 힘든 시조도 많다. 지금은 유연한 정형성을 갖춘
흐름으로 현대시조가 흘러가고 있지 않나 생각된다. 따
라서 여기서는 형식은 배제하고 내용에 대한 이야기만
하고자 한다.

### 꿩이라는 울음의 혼魂

한 마리 비상하는 꿩을 본다. 장끼는 암컷을 유혹하기
위해 황홀이라는 색과 깃털을 갖는다. 꿩은 특히 봄에
활발하게 활동한다. 장끼 한 마리가 여러 마리의 까투리
를 거느리기도 하며 들녘에서 여유롭게 먹이 활동을 펼
친다. 4 · 3 사건이 일어난 해도 봄이다. 싸늘했던 봄. 그
많은 꿩들이 어디서 날아와 제주 들판을 가득 메우며 '꿩
꿩'거렸는지 알 수 없다.
시집에서 '꿩'이라는 단어는 마흔 번도 넘게 등장한다.

제목에서 문장으로 수시로 등장해 시집을 읽다 보면 어느새 '꿩'이라는 소리에 갇히게 된다. 여기서 '꿩'은 조류의 종種으로 구분되는 생명체가 아닌 소리이고 울림이라는 걸 알 수 있다. '꿩'은 가늘고 길게 우는 소리가 아니다. 단호하게 어떤 의지를 내비치는 강렬한 음성이다. 그 음성만으로도 힘이 느껴진다. 힘없이 무너져야 했던 어떤 부조리에 대항해 내지르는 아우성처럼.

'꿩꿩, 장서방, 꽤앵 꽹 이 소리 따라, 간간이 고백하듯 꿩 소리는 피어서, 꿩 소리만은 흘려듣질 못하겠다, 연둣빛 타는 꿩 소리, 칠십 년 입술에 묻은 이름 털 듯 꿩이 운다, 엎지르듯 꿩이 운다, 목청이 푸른 장끼, 허랑방탕 봄 한 철 꿩 소리 흘려놓고, 봄 들판 무대 위에 꿩꿩 뻐꾹 꿩꿩 뻐꾹, 장끼 울음만/ 저 혼자 타는 봄날, 명치 동산 꿩 소리 간신히 재웠는데' 등 제각각 다른 시편에 등장하는 문장이다. 이 외의 시에도 꿩은 계속 등장한다. 시에서 화자는 '꿩'이다. 그러나 또 '꿩'이 아니다. 꿩은 단지 보이는 사물로써의 역할만 할 뿐 진짜 화자는 숨겨져 있다. 보이지 않는 4·3의 영혼들이다. 그래서 꿩은 ('고백–흘려듣질 못하는–연둣빛–입술에 묻은–엎지르듯–목청 푸른–봄 들판 무대–저 혼자–간신히') 홀로 남겨진 봄으로 치환되어 그날의 서러움을 간신히 견뎌내고 있다. 봄이 왔지만 오지 않았다는 춘래불사춘春來不似春을 체감하는 꿩이다.

그렇게 꿩이 내지르는 소리는 과거 혹은 현재까지도

이어지는 부조리의 세계와 맞닿아 있다. 알베르 카뮈는
'부조리는 일단 인정되는 순간부터 하나의 열정, 모든 열
정 중에서 가장 비통한 열정'이 된다고 하면서 '과연 인
간이 그 열정들과 더불어 살아갈 수 있을지, 가슴을 열광
케 하는 동시에 불살라 버리는 열정의 심오한 법칙을 받
아들일 수 있을지,'라고 반문하였다. 그러니까 '꿩'은 부
조리의 현장과 맞닿아 있는 울음이다. '꿩'이라는 매개체
를 이용해 하고 싶은 말을 참는다. 단호하고 무겁게 침묵
한다. 사실 침묵은 말하지 않는 하나의 확실한 말이다.

오전 10시,
4·3 묵념 사이렌이 울릴 때
젯상이면 다냐고
엎지르듯 꿩이 운다
나랏님
오든지 말든지
실없이 지는 벚꽃

— 「꿩, 엎지르다」 전문

다시 번진 산불처럼 그렇게 꿩은 울어, 전투중지 무장해
제 숨바꼭질 꿩꿩, 오라리 연미마을 보리밭에 꿩꿩, 너븐
숭이 섯알오름 〈4·3평화공원〉 양지꽃 흔들며 꿩꿩, 그
소리 무명천 할머니 턱 밑에 와 꿩~엉꿩

— 「3일 평화—4·3 두 청년 이야기」 부분

총신을 거두시게
입덧 난 연두빛 앞엔
중산간 구억국민학교
마주앉은 산과 바다
누구도 조국이란 말 함부로 안 뱉었다
(중략)
온 들녘 꿩 풀어놓고 혼자 울다 가는 노을
                                    ―「꿩을, 풀다」 부분

그래,
짐승처럼 숨어든 게 죄라고?
짐짓 하늘마저 고개 돌린 저 헛묘들
빈 집터 청대숲 너머 꿩소리로 떠돈다
                        ―「임씨 올레―4 · 3에 '잃어버린 마을'
                                어느 올레에 기대어」 부분


  좌익이 무엇인지 우익이 누구인지도 모르는 까막눈 섬
사람들에게 그들은 총부터 들이댔다. 어떤 결정을 해도
죽음에 이를 수밖에 없는 이상한 질문이었다. 하루하루
먹고사는 일이 전부인 사람들에게 갑자기 불어 닥친 광
풍. 이미 죽음이 정해져 있는 전쟁이었다.
  그러니 '제상이면 다냐고/ 엎지르듯 꿩이 운다', '보리
밭에 꿩꿩', '온 들녘 꿩 풀어놓고 혼자 울다 가는 노을',
'청대숲 너머 꿩 소리로 떠'도는 원혼들은 쉬이 사라지지
않는다. 사라질 수 없다. 이유가 없는 죽음도 있기 마련

이지만 권력과 욕망이 만들어낸 부조리의 역사는 시간이 흘러도 쉽게 지울 수 없다. 한 맺힌 육신이 흙으로 돌아가 다시 보리밭으로 들녘으로 떠도는 바람으로 회귀한다. 물질은 물질로 돌아간다. 몇 만 년 몇 억 년이 걸려도 우리가 서 있는 이 땅에 모든 생명체는 원자에서 원자로 흐른다. 다만, 전생의 기억이 전이되는지는 모를 일이다.

「3일 평화—두 청년 이야기」와 「꿩을, 풀다」는 제주도 서귀포시 대정읍 구억리에 있는 옛 구억국민학교에서의 사건을 모티프로 하고 있다. 1948년 4·3 사건이 터지고 25일 만인 4월 28일, 더 이상의 제주도민들의 피해를 막기 위해 무장대 총책 김달삼과 김익렬 국방경비대 9연대장은 '평화협상'을 맺기로 한다. 두 청년이 바로 이 두 사람을 가리킨다. 장소는 제주도 서쪽의 작은 마을 구억리에 있는 구억국민학교다. 72시간 내 전투 완전 중지, 점차적인 무장대 무장해제 등 세 개의 조항이었다. 마침내 처참한 비극을 끝낼 수 있는 결전의 날이었다. 그러나 운명은 비극의 편이었다. 사흘 뒤인 5월 1일 오라리 연미마을을 쑥대밭으로 만드는 일명 '오라리 방화사건'이 터지면서 협상은 결렬된다.

시인은 죽은 정령들의 목소리를 대신 전달한다. 영혼의 목소리를 빌어 슬픔의 부조리를 꼬집고 있다. 끝내 밝혀지지 않는 왜곡을 향해 끊임없이 질문하고 또 묻는다. 사실이 진실의 얼굴인 척 자꾸 나선다. '시간은 침묵

속에서 성장한다. 마치 시간이라는 씨앗이 침묵 속에 뿌려져 침묵 속에서 싹을 틔우는 것 같다. 침묵은 시간이 성숙하게 될 토양이다.'(막스 피카르트, 『침묵의 세계』)라는 말이 비극에도 해당한다면 4·3은 제대로 된 진상조사가 이루어져야 성숙한 침묵의 토양이 될 것이다. 금기의 세월을 건너 지금은 다양한 방식으로 회자되고 있지만, 여전히 공론에 그치고 있다. 건강한 토양에서 얻은 침묵의 자양분으로 한 그루의 성숙한 나무로 자랄 때 4·3은 치유라는 말을 갖게 될 것이다.

꿩이라는 청각적 이미지는 온 산하를 호령하는 듯 쩌렁쩌렁하다. 다른 사람에게는 들리지 않는, 오직 시인 오승철에게만 들려오는 절명의 소리 '술 끊고/ 담배 끊고/ 사람마저 끊어놓고// 산 보고 바달 봐도 깨닫지를 못하겠네// 절 같은 섬에 와서도/ 시끄러워서 못 살겠다' (「꿩꿩, 푸드덕」 전문)고 하소연하는 것은 그에게 접신한 또 다른 사자死者의 목소리다.


## 섬에서 섬으로 떠도는 혼魂

전쟁은 수없이 많은 침묵을 생산한다. 할 말이 많지만 차마 입 밖으로 꺼낼 수 없는 침묵이다. 울고 싶어도 함부로 울 수 없는 영혼이다. 힘없는 나라에서 목숨은 자신의 소유가 아니다. 정신과 육체가 뿔뿔이 흩어져 발밑

82

이 아닌 머나먼 타국까지 흘러간다. 인간은 죽을 때 혹은 죽어서 고향으로 돌아가고 싶은 회귀본능을 가진다. 한 나무에서 떨어진 잎들이 그 자리에서 썩어서 거름이 되고 다시 나무의 잎으로 피어나는 자연생장의 이치와 닮았다. 그러나 전쟁은 육체와 정신, 고향과 가족까지 단절에 이르게 한다. 단장斷腸, 창자가 끊어지는 슬픔이다. 이것이 인간인가 질문하게 만든다. 인간의 욕심은 신뢰를 무너뜨리고 결국 타락하거나 군림하거나 둘 중 하나다. 그것이 부조리의 습성이다. 살아있다는 이유만으로 공격하는 짐승의 본능과 다를 바 없는 것, 부조리가 아니고서는 전쟁을 설명할 길이 없다. 시간은 멈췄지만 오랜 세월 망망대해를 떠돌며 아직도 정착하지 못하는 영혼들이 있다. 전쟁이 남긴 부표들. 섬에서 섬으로의 유목은 아직 끝나지 않았다.

오키나와 바다엔 아리랑이 부서진다
칠십 여년 잠 못 든 반도
그 건너
그 섬에는
조선의 학도병들과 떼창하는 후지키 쇼겐*

마지막 격전의 땅 가을 끝물 쑥부쟁이
"풀을 먹든 흙 파먹든
살아서 돌아가라"
그때 그 전우애마저 다 묻힌 마부니언덕

그러나 못다 묻힌 아리랑은 남아서
굽이굽이 끌려온 길,
갈 길 또한 아리랑 길
잠 깨면 그 길 모를까 그려놓은 화살표

어느 과녁으로 날아가는 중일까
나를 뺏긴 반도라도
동강 난 반도라도
물 건너 조국의 산하, 그 품에 꽂히고 싶다

* 태평양전쟁 말기 일본군 소대장으로 참전했으며, 조선학도병 740인의 위
  령탑 건립과 유골 봉환사업에 일생을 바쳤다.

–「오키나와의 화살표」전문

　　전쟁 말기에는 두 가지 감정이 혼재되어 나타난다. 불안과 희망이라는 두 얼굴이다. 시간의 포로가 되어 들숨 날숨이 위태로울 때, 타국에서 고국으로의 귀국은 말할 수 없는 부푼 기대감으로 나타난다. 하지만 전쟁은 마지막까지 비극의 편에 섰다. 태평양전쟁이 한창일 때 징병되어 일본으로 끌려간 조선학도병들. 그들을 이끌고 있던 일본 소대장 후지키 쇼겐. 그에게는 다행히 인간적인 면이 남아있었다. 조선학도병들이 살아서 고국으로 돌아가길 바란 것이다. '풀을 먹든 흙 파먹든/ 살아서 돌아가라'고 했지만 결국 740명의 조선학도병은 고향 땅은

밟아보지도 못하고 타국에서 죽음을 맞이한다. 오키나와 전투의 유일한 생존자 후지키 쇼겐은 그 후 조선학도병 740인의 영혼들이 고국으로 돌아갈 수 있도록 힘썼고, 결국 자신도 제주의 한 사찰에 안치되었다.

오키나와의 화살표가 가리키고 있었던 것도 불안의 좌표다. 마지막까지 붙잡고 놓고 싶지 않았던 고향으로의 이정표. 그 끝이 가리키는 곳이 '마부니 언덕이' 아니기만을. 그러나 전쟁 말기에 화살표란 아슬아슬하게 굴러가는 고장 난 차에 붙은 계기판과 다를 바 없다. 방향을 상실하고 '아리랑이 부서지'는 바다에 불시착하고 마는. 아직도 진행 중인 과녁은 '나를 뺏긴 반도라도/ 동강 난 반도라도' 괜찮다고 그저 조국에 닿기만을 애원한다. 한 민족의 구성원으로 태어나 그곳에 뼈를 묻고 싶은 민족이라는 애상哀傷, 그 비애미를 정곡으로 찌르는 화살표가 아직 오키나와를 가리키고 있다. 오키나와뿐 아니라 여전히 한국 땅에 발을 내딛지 못한 령들이 아직도 울고 있다.

삼천리 적막강산 바람 타는 윤노리나무
그 몸에 가락가락 웆가락이 없었다면
금이 간 반도의 허기
누가 달래줬을까

— 「윤노리 나무」 부분

단둥과 신의주 사이 뚝 끊긴 철교처럼

삐걱이는 이 환상통아

팔 떨어지겠어

압록은 어디로 뜨고 가을만 흐르는 강

－「압록강 단교斷橋」 부분


어느 변방에도 반골의 기질은 있다

누가 바꿔 살게 했나,

한라산아 백두산아

유목의 서러움 같은 방언들은 떠돌아

－「아스」 부분


강아,

두 아들도 국경 너머 보낸 강아

타관객리 한 생애 일송정 돌아들면

비암산 한 자락 끌고 혼자 가는 해란강아

－「낙장불입 2」 부분


공간은 민족성으로 대표되기도 한다. 거시적 공간, 즉 한 나라가 갖는 의미는 한민족의 공동체적 특질을 나타낸다. 시대의 흐름에 따라 공동체가 무너지고 있다고 해도 그 본질까지 무너진 것은 아니다. 지금 우리에게 민족이라는 개념은 전후 시대의 사람들과는 다른 형태의 빛깔을 띠고 있다. 시대와 환경의 변화로 인한 당연성을 이야기하는 것이지만 하나의 감정으로 묶어두었던 '민족성'이라는 단어는 서랍 깊이 잠들어 있다. 단절된 민족의 한은 구태의연하게 받아들여지고 있는 것이 사실이다. 그렇게 기억에서 멀어지는 것을 끄집어내는 사람이 시인이다. 역사는 기억에서 멀어지면 다시 되풀이되는 나쁜 습관이 있다는 걸 알기 때문이다.

'금이 간 반도, 삐걱이는 환상통, 유목의 서러움 같은 방언들, 혼자 가는 해란강'은 온갖 통증을 동반한 산하거나 사물이다. 여전히 우리 곁에 존재하는. 역사는 살아 있는 자의 슬픔이라고 했던가. 언젠가는 기억조차 못 할 서러움의 강이고 허기로 가득 찬 울부짖음이다. 인간이 겪는 상처는 함께 살아가는 대상인 자연물에도 해당한다. 전쟁은 모든 것에 생채기를 남기는 까닭이다. '금=삐걱이는=서러움=혼자'가 되는 과정이다. 현시대에서도 '금'은 여전히 존재한다. 마음의 금은 현 사회에서도 중요한 단절의 이유라고 할 수 있다. 금은 균열된 인간성을 대변한다. 갈라지기 시작하면 금세 멀어져 회복하기 힘들다는 특징을 가지고 있다. 그러니 어쩌면 우리의 '금'은 갈라진 역사의 환상통을 해결할 때 자생력을 가질지도 모른다.


**연민으로 돌아서는 령靈**


가장 불연속적인 기의signified가 침묵이다. 그러므로 부재는 살아있음으로 증명된다. 죽은 사람의 몫까지 산 사람이 감당해야 할 때가 있다. 시에 자주 등장하는 위미리와 의귀리, 수망리는 서귀포시 남원읍에 속한다. 시인의 고향이기도 한 그곳으로 넘어가는 길이 어딘지 불편하다. '한 인간의 사유란 무엇보다 먼저 그의 향수(알베르 카뮈)'라는 말이 그의 발목을 붙잡는다. 향수는 좋은 기억과 나쁜 기억을 동시에 품는다. 그러나 나쁜 기억도 시간이 지나면 어느 정도 희석되어 버거움에서 빗겨난 중량을 갖는다. 이 시에 나타난 고향은 향수 이전의 단계이다. 아직 죽음의 무게에서 벗어나지 못한 공간이다. 그곳의 허공은 령靈을 품는다. 허공을 바라볼 때 마음이 공허해지는 것은 령의 눈빛과 마주쳤다는 증거다. 잠시 잠깐 스쳐 지나가도 령은 자신이 어떤 몸으로 들어가야 할지를 안다. 연민이 많은 사람, 마음에 물기가 많은 시인이다. 끊을 수 없는 운명처럼 아무리 피해도 다시 달려들어 '대체 난/ 어떡하라고'(『추석날 위미리는』) 외칠 수밖에 없다.

> 그는 보제기였다
> 구순의 홀아방 안 씨
> 바다에서 죽거나 술에 빠져 죽거나
> 배조차 다 떠난 포구
> 낮술이 쿨럭인다
>
> —「위미리」 부분

위미리와 한남리,
의귀리와 수망리
대바구니 엮어내듯 휘휘 엮은 서중천이
더러는 가다가 말고
불빛이나 훔쳐본다
— 「봄은 오고 꽃은 피어」 부분


우리집 설 명절은 섬 한 바퀴 돌며 쉰다
제주시는 형님집
위미리는 종손집
중문의 처갓집까지 세뱃돈 뿌리고 간다
— 「걸명」 부분


명치동산 꿩소리 간신히 재웠는데

자배봉 한자락에 어머니도 재웠는데

대체 난
어떡하라고
여태 남은 고추잠자리
— 「추석날 위미리는」 전문


위미리는 그런 곳이다. 구순인 안씨가 여전히 보제기
(어부)를 하며 낮술처럼 쿨럭이는 곳. '바다에서 죽거나
술에 빠져 죽은' 그림자들만 어른거리는 곳. 인기척은 찾

아보기 힘들고 '잠자리 몇 마리'만이 '접을 붙고' 있는 곳. 마치 위미리라는 공간은 지독한 폐허를 떠올리게 한다. 삶이 정지되어 흘러가지 않는 곳이다. 그러나 실제로 위미리는 귤 농사와 어업을 터전으로 살아가는 활기찬 마을이다. 위미리 마을을 모르는 사람이 이 시를 읽었을 땐 전혀 다른 마을로 비칠 것이다. 시인의 눈에 비친 위미리가 과거의 죽음에 멈춰있는 까닭이다. 그의 몸속엔 이미 상처로 가득한 령䰡들이 살고 있다. 언제 어떻게 들어왔는지 모를 그 영혼들이 그를 자꾸 무덤 속 이야기로 끌고 간다. 너무 사랑한 탓일까. 고향은 '나'로부터 멀어져도 다시 돌아갈 수밖에 없게 만든다. 그곳에 갈 때마다 나는 명치끝이 아려오고 '멧밥에 숟가락 걸 듯/ 걸어놓은 마을 한 켠/ 배고픔도 그리움도 이승만의 일이랴/ 문밖의 걸신들마저(『결명』)' 그에게로 달려든다. '위미리'는 허기에 사무친 령䰡들의 공간이다.

위미리는 그런 곳이다. 결국엔 '삼태성같이 흩어진 자식, 다멀처럼 모다나 들라'(『결명』)고 외치는 곳. 여기서 다멀은 좀생이별로 별들이 자잘하고 좀스럽게 모여 있다고 해서 붙인 이름이다. '자잘하고 좀스럽게'라는 말에서 그렇게 반갑지 않다는 어투가 느껴진다. 흩어져야만 살 수 있는 가족도 존재한다. 명절을 쇠려고 해도 섬 한 바퀴를 돌아야 한다. 여러 이유로 떨어져 살겠지만 '자배봉 한자락에' 묻힌 어머니는 여전히 자식들을 기다린다. 고향은 흩어진 사람들을 하나로 응집하는 힘으로 버틴다. 고향이 없다는 건 흙 없이 떠도는 나무와 같다. 버릴 수도 무를 수도 없는 고향으로 향할 때마다 시인의 발걸음을 불러 세우고 과거의 기억을 불러들인다. '더러는 가다가 말고/ 불빛이나 훔쳐보'며 자꾸 뒤돌아보게 하는 령靈. 시인에게 '금삼의 피 토하'(「꿩」)게 하며 울음을 뱉게 한다. 령靈은 침묵하면서 가는 곳마다 그의 발목을 붙잡고 있다.


## 끝내는 사랑하는 나의 령靈

인간의 마지막엔 언제나 죽음이 존재한다. 죽음은 피해갈 수 없는 운명이다. 그러나 과학적으로든 종교적으로든 죽음은 종말이 아니다. 죽음은 새로운 생명으로 연결된 긴 통로일 뿐이다. 하지만 인간에게 죽음만큼 두려운 것도 없다. 존재가 보이지 않는 데서 오는 공포와 결핍이다. 내가 아닌 부모 혹은 일찍 떠나간 형제자매의 죽음은 결핍을 낳는다. 결핍은 혼魂을 부른다. 령靈과 가까워지는 순간이다.

특히 비극에 사랑이 없을 수 없다. 남녀 간의 사랑만이 아니다. 가족은 이승에서 다하지 못한 연緣으로 특별함을 가진다. 한 뱃속에서 태어난 운명적 사슬이기에 피는 함부로 지울 수 없다. 정신을 서로 이어주는 혈연의 민낯은 낯선 곳을 지날 때조차 불현듯 스며든다. 육체의

흔적이 기억보다 먼저다. 더 나아가 내가 모르는 사랑이
나를 찾아올 때도 있다. 죽음이 불러낸 먼 과거로부터의
회신이다. 무덤에서 발견된 사랑의 화석들은 나에게 사
랑의 감정을 불러들인다. 감정이입의 순간이다. 그렇게
사랑은 비극일 때 기억을 장악하는 화인火印이 된다.

　　당신이 돌아오듯 시월은 돌아와서
　　어느 절집 49재
　　꽃향유나 피우다가
　　이승 끝 올린 뒷돈도 본숭만숭 그러네

　　당신이 떠나가듯
　　시월은 떠나가서
　　베갯머리송사같이 자늑자늑 빗소리
　　천지간 날 세워놓고 본숭만숭 그러네

　　　　　　　　　　　　　　　　－「천지간」 전문

　　썰물에 남은 이름 밀물에 봉봉 뜬다
　　사랑이란 세상에 있을 때나 하는 거다
　　내 가슴 빨간 우체통
　　숨비소리 터지겠다

　　　　　　　　　　　　　　　－「해녀의 섬, 우도」 부분

　　이렇듯 누군가의 꽃이 되어 주는 일
　　그리하여 그리하여

사랑이 되어 주는 일

　　그런 일 하나만으로 꿩소리는 피어서

─ 「마삭줄꽃 불러들여」 부분

　계절은 사람을 돌아오게도 하고 떠나가게도 만든다. 이승에서의 그리움을 저승에서도 느낄까. 슬픔도 사랑도 이승의 전유물은 아닌지. 죽은 영혼들은 '본숭만숭' 보고도 못 본 듯 본체만체한다. '사랑이란 세상에 있을 때나 하는' 거라면서. 서정주 시인의 '이제는 돌아와 거울 앞에선 누이처럼' 해탈의 기운이 느껴진다. 하늘과 땅 사이에 사는 인간만이 느끼는 감정. 그 감정은 이승과 저승을 잇는 불가해다. 주문의 형식이기도 하다. 그곳의 안부를 물어야 이승에서의 삶을 유지하게 하는 본능적 실체다. 인간은 결국 유물론에서 유심론적인 세계로 나아간다. 죽음은 이성으로 도달할 수 없다. 정신이 관장하는 미개척의 지대로 들어가는 이도 시인이다.

　'썰물에 남은 이름'은 먼바다로 돌아가지 못하고 '밀물에 봉봉 뜬다'. 한 세월을 기다리게 한 사람은 누구일까. '가슴 빨간 우체통'엔 편지 한 장 없다. 여러 날 바다 깊은 곳을 들락날락하면서 '숨비소리'만 내뱉는다. 기다림을 고통으로 누른다. 섬은 바다에 떠 있는 공간이다. 사람도 하나의 섬이다. 정착할 수 없는 그리움이 섬을 만든다. 그래서 '누군가의 꽃이 되어주'고 '사랑이 되어 주는 일'이 섬에서 존재가 살아가는 방식이다. '꿩 소리'마저 꽃으로 '피'워내는 이상향의 세계다. 죽음을 살아있는 사물로 인식하고 끊임없이 대화한다.

이 시집에서 또 하나의 사물로 등장하는 것은 고추잠자리다. 꿩이 저승에서 내뱉는 침묵의 울음이라면 고추잠자리는 가벼워지고 싶은 이승의 혼이다. 그러나 고추잠자리 역시 정착하지 못하고 떠도는 령이다. 시인 오승철은 혼의 이름으로 존재를 증명하고 싶었는지 모른다. 보이지 않지만 분명 곁에 있는 존재. 보이지 않는 有에서 보이는 無를 창조하는 시인이다. 그것은 령과 혼을 빌어 인간의 본질에 다가감으로써 존재이유를 밝히고 싶은 시인의 간절한 욕망이기도 했다.


그는 비극을 찾아 떠도는 방랑자다. 목포항에서 팔공산으로 인사동으로 먼 일본까지 비극이 그를 부른다. 시라는 몸을 빌려 방방곡곡 산천을 떠도는 영혼을 만난다. 아픈 영혼을 위로하기 위해 태어난 시인. 비극으로 끝난 역사는 세월에 묻어도 비극으로 남는다. 그러나 남은 비극을 잘게 쪼개어 마침내 하나의 바윗덩어리나 돌멩이로 더는 그리움을 생산하지 않는 것. 그가 시에서 긴 침묵과 대화하는 이유다. 영혼은 영혼의 질서로 인간은 인간의 질서로 돌아가는 것. 하늘에 별은 그렇게 만들어진다.

사람은 무엇으로 사는가. 어떻게 살아야 하는 것이 '외연', 바깥의 일이라면, 무엇으로는 '내연', 곧 내면의 일이다. 시인 오승철은 령에게 끊임없이 묻고 대답한다. 혼의 이름을 빌려 무엇으로 사는가, 무엇으로 살아야 하는가, 그렇게 존재 이유를 묻는 혼의 존자尊者이다.